Audrey Terrisse

La Nouvelle Came

Mars 2015

Ah ça ! l'horloge de la vie s'est arrêtée tout
à l'heure. Je ne suis plus au monde.

Arthur Rimbaud, Une Saison en Enfer,
Nuit de l'Enfer

David, Agathe, Bertrand, Dominique,
merci.

© 2015 - Audrey Terrise
Edition: BoD - Books on Demand
12/14 rond-point des Champs Elysées, 75008 Paris
Imprimé par Books on Demand GmbH, Norderstedt, Allemagne
ISBN : 9782322040612
Dépôt légal: septembre 2015

Ma tête est pleine de trous. Tant d'abus. De maltraitances. Pas facile de mettre tout bout à bout. Les sensations demeurent. Instinctives. Longtemps je les ai fuies. Je les accepte désormais. Attraction répulsion. Une seule âme. Deux êtres en perdition. Deux corps en oubli. Sans reddition. J'ai soldé mes terreurs. J'ai liquidé leurs dettes. L'errance était insupportable. Cheminement vers la destruction. Puis un regard, une délivrance.

Première soirée. La godiche est de sortie. Ils dansent et rigolent. Bières, cheveux gras, jupes trop courtes et bras trop longs. Moi, au bord du canapé, seule et déplacée. Une clope, pas de briquet. Flamme. Zippo métal. Longs doigts fins en tremblote. Grande carcasse surplombée de cavités noires. Le mégot brûle entre nous deux. Le défi dans l'œil, sa main attrape la mienne. Et je le suis dans la nuit froide. Course enivrante. Je le poursuis, je le devance, il me retient. Viens-là. Sa bouche, la mienne. Les cœurs s'emballent. Je fonds dans sa danse. Premier baiser. Et son parfum d'herbe fraîchement coupée. Petit chappy. Grimpe. Son cuir au ventre, cheveux au vent, le visage aux étoiles, je goûte la nuit. Stop. Hall de marbre, porte de service, 7 étages, la lumière au fond du couloir. Petite chambre étriquée. Les cendriers débordent et le matelas est au sol. Livres écornés et écriture désordonnée punaisée aux murs. Des vieux vinyles. Fume. Une roulée. C'est fort, c'est chaud. Poumons cramés. Je m'étouffe et il se marre. Second baiser. Désir. Bouffées cosmiques. Je sombre. Jim Morrison. Caresse profonde. Je pars. Le matelas. Et son parfum qui m'envahit. Son prénom, le mien. Je savoure les deux syllabes en murmure. Ses lèvres. Désir. Frissons. Les tissus glissent sur nos peaux. Je suis à lui, à son regard, à son souffle. Je me tends. Poitrine dressée, chair en offrande. Prends-moi. Il plonge et grogne. Il me déchire. Douleur délicieuse. Tu es belle. Soupirs à mon oreille. Promesses. Caresses. Nos mains soudées. Nos cœurs cadencés. Mon prénom perdu dans son spasme. Son corps en moi, noyé dans mes bras. Nous sommes nés.

Les adultes sur la terrasse. Les vieilles cocottées et les vieux transpirants. Ça picole, ça graillonne, ça parle fort. Musique dans les oreilles pour couvrir leurs relents de vulgarité. Les invités reviennent toujours. La vie de châtelain ça fait rêver. Une bonne et un gardien. Et des invités. Chambre, cuisine, 50 mètres. Mais la Reine-Mère guette. Viens saluer. Pas traînants, sourire forcé. Une vraie jeune fille. La peau explose. Faut voir ses seins. Regards baissés, sourires gênés. Elle est fière de sa fille qui grandit, la Reine-Mère.

Plus la chair se rapproche, plus elle me devient insupportable. Je donne mon corps mais le reste est insoutenable. Je sursaute. Je frémis. Des démons sont en moi. D'abord pas la main. Puis pas les bras. Le cou jamais. On évite les baisers. La croix sur la poitrine. Repli spontané. Défense. Pas tomber amoureuse. Plaisir animal. Pas de douceur. Pas de tendresse. Pas d'affection. Les peaux me dégoûtent. L'odeur de l'autre. Torture. Ne rien ressentir. Ou si peu. Insatisfaction. Mais ils s'accrochent. Toujours. Frustration. Je suis en sacrifice. Et je me replie. Jusqu'à la nausée. Pas d'effusions. Je suis forte. J'ai survécu, moi. Je ne me suis pas perdue. Juste trop aimé. Et je l'ai enterré sous ma peau. En secret. Ne pas parler. Ne pas prononcer son prénom. Rien n'existe. Sourires. Culpabilité. Et mes bras recouvrent ma poitrine en vagues de nausée.

Haptophobie. Dernier refuge du souvenir.

Quand il souriait, je lisais ses années de souffrance. Derrière ses lèvres entrouvertes, un cri muet. Mais son regard vivait pour moi. Quand il souriait, j'oubliais. Il était mon unique. Et j'étais la sienne. Deux reflets parfaits. Loin de tous. A l'abri des néfastes, des toxiques, des violents. Loin des bleus. Loin des maltraitances. Des heures l'un contre l'autre, fondus en un seul corps. Lentement et sereinement, nous dérivions vers les mêmes étoiles. Quand il souriait, je n'avais plus peur. Nous n'avions que les instants aimantés de nos peaux, nos cœurs à l'unisson, nos souffles au ralenti. Quand il souriait, j'ignorais son corps meurtri et il ne voyait pas mes terreurs. Nous étions beaux. Et si jeunes. Lui pour toujours. Quand il souriait, j'aimais. Il m'a appris l'amour. Et la grâce.

Maman aime faire les boutiques. Elle ne fait que ça d'ailleurs. Et les copines aussi. Elle passe des heures à essayer de jolis vêtements. Toujours colorés. Elle n'est pas femme à passer inaperçue. Mais elle en veut toujours plus. Toujours plus de regards. Alors elle rit très fort avec la tête en arrière. Elle bat de ses cils charbonneux. Elle frappe fort. Elle aime les jupes et les vestes en cuir. De couleur. Ça me plaît. C'est tout doux le cuir. Maman ne ressemble à aucune autre maman. J'ai de la chance. Elle est cool ta Maman. Elle est belle ta Maman. Elle a de beaux habits ta Maman. Sûrement. Tout le monde le dit. Parfois elle m'emmène. Et elle glousse quand le vendeur lui fait croire qu'il l'a prise pour ma grande sœur. Elle est comme ça, ma Maman. Elle aime plaire. A tout le monde. A n'importe qui. Pourvu que le compliment fuse. Elle me va bien ma jupe ? Tu es très belle. Et le jeu continue. Tu es gentille avec ta vieille mère. Toi aussi, tu seras belle un jour. Froncement de sourcils. Comme quand elle me tend du chocolat et que j'accepte. Belle, comme toi ? Peut-être… Parfois on va dans un magasin avec de jolies robes pour moi. Un petit tour. Elle me tend un jeans ou une jupe. Puis les repose. Sortie de boutique. Déceptions. La sienne. La mienne. La prochaine fois on te trouvera quelque chose. Rien ne te va. Maigris un peu et on verra. Juste quelques efforts. Quand on revient à la maison, on passe devant la boulangerie du bas de l'immeuble. On a souvent déménagé mais il y a toujours eu une boulangerie au bas de l'immeuble. Elle repart avec son gâteau préféré. Je la suis en rêvant de chocolat et de jolies robes.

Quand j'arrive chez lui, je suis toujours essoufflée. Les escaliers me tuent. Je grimpe comme une athlète en mal d'endorphine. Poumons de mineur ! Accueil moqueur. Et je tousse en crachant de la suie. Asthme persistant en souvenir. Millions de clopes en avenir. Je ne dis mot. Je me love contre lui et son baiser me happe. Il est fin et rassurant contre mon corps. Il m'enlace jusqu'à m'en faire tomber.

Et chaque jour, j'arrive essoufflée pour goûter à sa lumière. Et son souffle devient le mien. Et nos yeux se perdent sans se lâcher.

Nous passons nos journées, agrippés l'un à l'autre, à plonger dans nos abîmes, nous abreuvant de soupirs, de caresses, de larmes, de sourires. Et de sérénité.

Ses mots à mon oreille m'échappent souvent. Mais ils sont miens. Ils m'envahissent et je les rêve. Ses mots s'étalent sur les murs. Petits dessins serrés. Noirs sur fond blanc. Parchemins de ses détresses. Testaments de ses pensées. Je les caresse du regard. Ils s'exposent. Je les collectionne en secret. Ils résonnent en moi dans mes nuits sans fin. Je les murmure en songes. Flous et imparfaits. Petits fragments d'âme.

Je cache mon corps. L'impudeur me répugne. Lui qui se lève le membre dressé. Les bains familiaux. Les défécations publiques. Un tampon inséré. Je me cache.

Les gosses de riches sont protégés. Ils ont droit aux erreurs, même aux pires. On leur pardonne tout. Ils sont à l'abri. Un rang et de l'argent. Ils ont des relations. Certains sont immondes. Déviances sans limite. Les gosses de riches sont protégés. Mais pas des drames intimes. Tortures psychologiques, coups de ceinture, viols, abandons affectifs, nuits de défonce. Tout va bien à Paris 16. La femme de ménage a fait les coins.

Sa mère est toxico. On dit alcoolique mondaine ou dépressive dans le beau monde. Elle se shoote aux médocs. On ne critique pas. On en profite bien assez. Il ne cherche pas à savoir pour les ordonnances à répétition. Elle aussi détourne le regard des coups qui pleuvent. C'est beau la bourgeoisie. On ne voit rien. On ne dit rien. Les apparences sont sauves. On n'a pas parlé. Les petites pilules disparaissent. Elle ne remarque rien. Les cachets, c'est bon. Et c'est marrant. Ils ont plein de formes et de couleurs différentes. Les cachets, c'est l'aventure.

Il m'en glisse un entre les lèvres. Air de défi. Cap ! On s'amuse. On essaie. On oublie. Je soutiens son regard. Même pas peur ! Je t'aime. J'ai confiance. Il prend le sien. Les mêmes cieux nous accueillent. On s'allonge. On s'enlace. On se partage un joint. On s'embrasse en se volant des volutes de fumée. Je tousse. Mes poumons crament. Il plante un doigt dans mes côtes en se moquant. Je le repousse mollement d'une main tendre. Je retombe et me laisse aller à nos doux rêves.

Je suis née sous le signe du mensonge. Je n'ai jamais réussi à démêler les nœuds des histoires qu'on m'a racontées. Je suis leur mensonge. Je suis l'enfant illégitime. L'adultérine. Fausse enfant de l'amour. J'aurais préféré être un accident assumé. J'ai été un moyen. Un simple piège. Le départ de 25 ans de tromperies. Ma mère cherchait un homme riche. Mon père collectionnait les jolies femmes. La ravissante idiote et le flambeur épicurien. Ils étaient mariés. A d'autres. Il avait même deux enfants. Elle n'en voulait qu'un. Une petite fille qu'elle modèlerait à son image. Petite fille modèle. Adultère. Grossesse. Naissance sous X. Divorces. Abandon. Ils ont tout rayé de leur passé. Ils ont inventé une nouvelle famille. Ils ont vécu leurs chimères.

Je ne sais pas ce qu'on a pris. Au petit bonheur pas de chance. Il était jaune. J'ai du mal à fermer les yeux. La bouche sèche. Sueurs froides le long de l'échine. Corps trempé. Je tremble. J'ai peur. Je le vois sans le reconnaître. Il est terré dans un coin de la chambre. C'est si petit ici. J'étouffe. Trop de murs. Un cendrier renversé. J'ai dû m'absenter. Il voit le monstre en moi. Il est agité de spasmes, ses mains devant son visage. Je le vois en horreur. Il est si sombre, si toxique. Je dois partir. Mes jambes ne répondent pas. J'ai trop froid. Montez le chauffage. Il va me blesser. Ne me touche pas. Va-t'en. Tu me fais peur. Arrête. Dans ses yeux la même terreur. Celui qui bouge est mort. Attendre.

On s'est évanouis. Moi la première. J'ai mal partout. Envie de gerber. Il est inconscient dans son coin, avachi sur lui-même. L'odeur tenace de vomi ne partira jamais. Les pilules jaunes si.

Ma mère trompe mon père. Mon père trompe ma mère. Adultère, sport collectif familial. Parfois elle se barre à la campagne. Elle y retrouve un de ses jeunes amants rustiques. Lui se contente de rentrer tard le soir. Parfois au petit matin. Et elle part pour de bon et il panique. Accusations. C'est ta faute ! Il pleure et je me terre sous mon bureau. Je frappe mon visage contre le chambranle de la porte. Je marque ma peau. Je saigne. Personne ne voit rien. Araignées, agressions, moustiques géants. Alibis. Ils ont envie d'y croire. On ne parle pas de ces choses-là à Paris 16. J'expie leurs péchés.

Certains ont des soupçons. Quelques profs inquiets. Déscolarisée en quelques mois. Facile. Le téléphone sonne à la maison. La bonne décroche. Et oublie de laisser le message. Les appels se font de plus en plus rares. Tout le monde s'en fout. Moi aussi. Je n'aspire qu'à lui. Ses yeux perdus dans les miens. Mon corps devient le sien. Je deviens lui. Cheveux coupés en friche, t-shirts trop larges pour mon corps amaigri, regard dans le vague. Je couche mes mots sur mes feuilles d'école et les balance au matin. Les os saillissent. Clavicule. Hanches. Poignets. Epaules. Genoux. Chevilles. Côtes. Deux squelettes en tendons. Deux tignasses noires. On jouit de notre faiblesse. Nos caresses sont empreintes de chasteté. Notre intimité est infinie. Je passe ma main dans les nœuds de ses cheveux. Il survole mon dos. Nos bouches unies. On baise doucement. En silence. Il glisse en moi. J'entrouvre les lèvres et le supplie. J'inspire son souffle, les paupières lourdes. On lutte contre la dérive. Ses cratères noirs me fixent. Et il sombre dans mon cou. Léger.

Elles s'appellent Anna. Toutes. C'est Anna. C'est la nouvelle bonne. Elle s'occupera de toi quand on sortira. Anna a la peau dorée. Elle a l'accent de son pays. Elle a la peau douce et les bras accueillants. Elle me cajole et m'offre des pains au lait de la boulangerie du bas de l'immeuble. En cachette. Et quand elle a quelques pièces, elle me tend une tablette de chocolat que je glisse dans le petit pain au beurre. Je déguste mon festin par légères bouchées pour faire durer. Le chocolat fond sur ma langue. Je vais souvent dormir chez Anna. On prend le métro et le bus. On quitte les rues larges du XVIe pour les couloirs sombres du métro. Les gens pressés me bousculent. Mais la main d'Anna autour de mes doigts est bien serrée. Et quand je lève la tête, son sourire m'attend. On traverse Paris dans le bruit du train qui nous ballotte. Anna lit parfois un magazine avec des photos de dames très belles. Elle vérifie de temps en temps les arrêts pour ne pas rater la station. Et d'un coup, elle attrape mon bras et on grimpe dans un bus. On s'assoit et on regarde les immeubles défiler. Paris est grise en banlieue. Les gens baissent la tête. Ils ne font pas les boutiques. En banlieue, les appartements se ressemblent tous. Toutes les Anna ont un petit chez elles. Plein de vie et de parfums étourdissants. Anna n'a pas de mari. Mais elle a des sœurs, des nièces, des fils, parfois une maman. C'est le royaume des femmes chez Anna. Elles rient, elles virevoltent dans leurs tissus colorés. La cuisine est leur théâtre. Tout le monde prépare le dîner. Paris est grise en banlieue, mais chez Anna il ne fait jamais nuit. On ne regarde pas la pendule. Il sera toujours temps d'aller se coucher. On coupe des légumes et on met tout dans d'immenses casseroles en métal. Les vapeurs de ragoût couvrent nos éclats de rire. Je dors avec la nièce ou la fille d'Anna. On se chuchote des secrets en gloussant sous les draps. Le matin, on mange des tartines avec de la confiture de mangue qu'on trempe dans la Ricoré. Elle est gentille avec moi, Anna. Elle me trouve pas assez grosse. Alors elle me nourrit. Et moi, je me repais de ses sourires. Après on prend le bus et le métro jusqu'à Exelmans. Elle me dépose devant l'école avec un baiser de ses grosses lèvres.

Maman m'a oubliée devant l'école. Papa, c'est le chien qu'il oublie. Devant chez le boucher. Les autres sont partis, avec leur maman, leur granny ou la bonne. Je sais pas rentrer. Alors j'attends dans ma robe bleu marine. Reflet de nattes dans les salomés vernies. J'attends dans la rue en guettant. Le ventre gronde et les larmes coulent. Où es-tu Maman ?

Addictions, alcoolisme, toxicomanie. Théories en tous genres. Ils se creusent la tête les chercheurs. Un vrai problème de société. Je ne sais pas pourquoi j'ai plongé. Et finalement ça a peu d'importance. Je gère. Hormones, psy, rébellion. Peu importe, je suis accro. A la clope, à la coke, aux médocs, au sexe, au coca light, au boulot. Je cultive mes addictions sans préférence. Je ne suis pas du genre addictive fidèle. Je poursuis mon atavisme d'adultère. Je trouve toujours une bonne drogue pour me combler. Manque permanent. Cruel. Nausées. Tremblements. J'allume des clopes, j'envoie des SMS, je pleure. Je me sens minable mais je ne peux pas faire autrement. J'évite les risques, les tentations. Ma dernière drogue m'embrase. Et je crève de l'avoir, ma dose. Sa peau est douce comme celle d'une femme. La couleur du Sud. Il sent le savon. Cheveux de soie et lèvres pleines. J'aime les cueillir avec les miennes. Les goûter, les mordre. Sa voix m'apaise. Ma nouvelle came est douce et intense. Sérénité. Le manque.

Les weekends à la campagne ont un goût d'intouchable. Simples, frais et légers. Les parents s'embrassent à pleine bouche comme des ados pressés. On fait pipi au grand air à la campagne et les brins d'herbe me chatouillent les fesses. Les meubles sont usés, en place depuis des lustres, achetés avec la maison. Une odeur végétale règne. Les courants d'air essaient en vain de chasser des siècles d'humidité. Une vieille ampoule éclaire la salle du bas. On est loin de Paris 16 à la campagne. Papa est là. Maman fait la cuisine. Pas d'appartement témoin, de champagne ou de robe bleu marine. A la campagne c'est simple, frais et léger. Les faux-semblants sont jetés sur le bord de la route. Papa roupille au fond du jardin. Maman circule ses petits tétons à l'air avec un foulard qui retient ses longs cheveux. On fait des balades à la campagne. Ils prennent chacun ma main et me font faire des pas de géante. Ils mettent des mûres dans un grand panier brun en osier. J'en engloutis des tonnes, les lèvres bleues de mon larcin gourmand.

J'ai mal au ventre au retour. Le soir, le feu crépite autour des bouteilles sans étiquette et du pâté de tête. Je m'endors une main dans mes cheveux et un pouce dans la bouche. Les weekends à la campagne, on laisse tomber nos peurs.

Je ne vois pas leurs corps. Ils sont tous pareils. Peaux sans appel. Parfois je les méprise. Je détourne les yeux et oublie le dégoût. Et je les baise. Désir mécanique. Sans grâce. Et plus je les baise, plus j'inscris mon amertume. Ebats stériles de sensualité. Je leur grimpe dessus ou leur tourne le dos et fuis leurs égards. Ils restent en moi jusqu'à leur délivrance. Puis dégagent. Clope. Conversation, tu y tiens ? J'entrouvre parfois une porte. Un mot, un regard. Je tente d'y croire. Mais je ne touche pas. Les bras en croix sur la poitrine. La vacuité de ces relations s'installe. Sans connexion. Frustrante. Artificielle. Ils émettent dans le vide. Je bloque la réception. Tais-toi !

Je crie. Je me débats. Je gueule. Je pleure. Je me réveille. Spectres. En boucle. Lui. Moi. Nuque. La chair qui brûle. Absence. The end.

Il a un tout petit tatouage qui tranche sur sa peau brune. Un petit signe chinois encré à la saillie d'un os. Une ponctuation noire. J'en dessine les contours pendant des heures. J'en connais chaque courbe. Je dépose des baisers sur ses virgules. Il n'a aucun sens. Je ne lui ai jamais demandé. Nous n'avions que le temps pour nous. Et nos corps scellés, nos âmes gravées. Nous avions nos regards, nos mots, notre dérive. Il n'en reste que la brume du passé, la douleur, l'odeur de la peau brûlée. Et son encre. Notre histoire ancrée en mon sein, à l'opposé du cœur. Sans frémir. Je l'ai fait mien à jamais. Pas tout à fait cicatrisé. Rarement dévoilé. Secret bien gardé. Méridien de l'estomac. Demeure cachée. Amour en fuite. Drap mortuaire. Ton héritage. Zhi.

Elle s'appelle Mathilde. C'est une fillette aux nattes auburn. Elle s'appelle Mathilde. C'est le portrait de sa Maman, avec les yeux de son Papa. Elle s'appelle Mathilde. Et elle court dans le bric-à-brac des Puces, au bout de sa laisse. Elle s'appelle Mathilde et elle collectionne les petits bouts de papier. Petits bouts de papier découpés. A même le sol. Ciseaux. Colle. Phrases décapitées. Reconstituées. Petits papiers. Puzzles de mots. De ses petits doigts collés. Maman est fière et Papa aussi. Sauf que moi je m'appelle pas Mathilde. Sauf que moi j'ai le prénom du dernier moment.

La grosse boîte blanche traîne négligemment au sol sous la console de la cuisine. Elle ferme à peine. Dedans, la collection de mes errances. Les gélules vertes et blanches, les comprimés effervescents, les petits cachets tout ronds. Ils n'attendent que leur verre d'eau, bien conservés au fond de la boîte blanche. Sous les sirops contre la toux et les suppos des gosses. Je passe à côté. Je la frôle du regard. Toujours là. Je salive mon chagrin. J'ouvre. Je compte. J'en ajoute au gré des ordonnances. Les miennes ou celles des autres. Petits souvenirs de salles de bains. S'endormir sans peur. S'éteindre lentement. S'abandonner aux méandres. Nuits de solitude. Absence assassine. Je pars retrouver les journées sans temps. Les aiguilles dansent en mon absence. Et je reviens à la vie à sa recherche.

Avec lui je découvre l'insouciance de l'enfance. Un monde sans gravité où tout est aventure. Il mange comme un ogre et rit grassement. J'entrevois ses promesses.

Les entrecôtes de l'aube. Les nuits en danses. Les grands crus et les mauvaises vodkas. Les copains squatteurs. Les grandes blondes idiotes. Les bagarres dans le lit. Les sorbets de chez Bertillon. Les briques blanches au mur. La baignoire sabot. Le trafic de vélos hollandais. La Renault 5. Les lâchers d'œufs sur les bateaux mouches.

Les mois sans baise. Les cachetons. Les visites aux toilettes. Les sinus encombrés. Les baisers violés. Les trottoirs dans les pneus. Les black-out. Paris la nuit. La violence des dérives. Les insultes. Les gifles. Les marques sur les bras. La jalousie. Le vomi et la merde. Le flingue sur la tempe.

Premier round.

L'absence est mon châtiment. J'ai pris perpète. Condamnation à une éternité d'angoisses. C'est plus simple de partir. Quand le cœur bat, chaque cellule devient esclave. Le glas sonne. Prévisible. A la déchirure du départ, l'absence s'installe. Implacable, brutale, cruelle. Insoutenable sentence pour crime d'amour. Retiens tes larmes. Laisse-le aller. Se détacher. Enfouis-toi au creux de sa clavicule et conserve son essence en respiration. Une heure ou plus.

Je reviens un peu plus souvent en cours. Sous mes yeux charbonneux et mes vêtements trop larges, mes larmes et ma maigreur. Quelques litres et quelques kilos. Je bavasse avec mes potes. J'allume des clopes. Je sens la brûlure de l'aiguille en mon sein et je la gratte jusqu'à saigner. Je fais comme si. J'attends l'heure et je m'installe avec les autres. Parfois je traîne au café ou dans le métro, le casque sur les oreilles. Je baisse les yeux en passant devant l'immeuble. Je lui tourne le dos. Les camions sont arrivés. Les déménageurs s'activent. Les cartons sont bien fermés. Les meubles protégés. Où est sa vie ? Petits bouts de papiers noircis. Cendriers vidés. Un vieux matelas et des bouquins écornés. Et le vieux disque des Doors. Fermée la chambre du 7e. Les déménageurs pestent de leur calvaire. Et moi, je crève de ces escaliers. Ils partent pour oublier. Ses médocs vont peut-être l'achever. Et lui, qui va-t-il cogner ? Je m'en fous. Moi aussi, je suis suicidée.

Ceux que j'ai gardés souffraient. Je les reconnaissais. Pas sa souffrance. Une autre. Pas me planter. J'ai été là pour eux. Je leur donnais tout. Sauf moi. Les abandons, les incertitudes, les corps brisés, les esprits torturés, je les ai tous pris. Sans rechigner, sans juger. J'étais là pour eux. Je les emmenais plus loin. Je les rassurais. Et ils m'aimaient. Pas moi. Leur infirmière, leur pilier, leur femme. Je ne leur ai jamais appartenu. Et ils voulaient plus. Juste l'amour, l'affection, la tendresse auxquels ils avaient droit. Dernière limite. Départs brusques et sans retour. Les fleurs, les lettres, les déclarations, les menaces, les insultes, les négociations. J'ai senti le vide soudain dans leur vie, la perte des repères.

Et mon soulagement.

J'ai découvert le sexe assez jeune. Celui des autres d'abord. En cris et en soupirs. En baisers aux paupières alourdies. Je devinais les délices sans y goûter. Enfant, mes rêves se peuplaient d'étreintes pudiques à la saveur du désir. J'ai fini par m'éduquer devant les pornos du samedi soir. Les images brutes. Les chattes écartelées. Les doigts, les langues, les sexes. Je voulais ma part de cris et de soupirs. De corps en sueur. Les sensations m'échappaient et le frémissement de ma chair s'intensifiait. Ma main a trouvé la voie, m'a libérée et insufflé mes appétits. Il m'a appris la fusion. Des corps et des esprits. L'esprit guidant le corps vers ses cieux. J'ai tout brisé. Le corps se donnait, avide de jouir. Insatiable et insatisfait. Au plaisir, le désir ne répondait pas.

Dans l'avion en partance pour les States. Parler anglais c'est important à Paris 16. Comme le tennis, l'équitation ou le ski. Faut pas décevoir. Et il faut fuir. Tout laisser derrière. Surtout lui. Six heures de vol pour retrouver un après. Six heures de mort atroce. L'hôtesse est inquiète et tape régulièrement à la porte. Je l'entends à peine. Je vomis les restes de mon amour dans un chiotte en inox, au bord de l'évanouissement, le corps trempé et convulsé. Sueurs et tremblements dans mon siège entre les crises. Aux frontières de la vie. En douleur. Je brûle de mille cigarettes. Je finis par sombrer dans la torpeur. En manque de came. En manque de lui.

Je ne retrouverai pas l'après. Mais je me suis améliorée en langues made in USA.

J'entre dans l'adolescence gauche, mal apprêtée, inhibée. Elle choisit mes fringues et c'est moche. Les couleurs sont à vomir. Les textiles sont à chier. Et mon corps trop grand, trop massif. Et ma frange qu'elle a coupée trop court. Je veux un jeans et je l'obtiens. Et les Creeks à damiers aussi. Je pique ses soutifs et ses jupes transparentes. Je veux être une autre. Pas vraiment elle, mais certainement pas moi. Elle n'aime pas ça. Ça ne me va pas. On verra quand je serai moins ronde. Un jour, peut-être... Je danse dans la cuisine, et elle fait pareil. C'est qui la meilleure ? Mon père hésite. Je monte dans ma chambre. Elle me parle d'elle. Elle était belle. Elle m'inscrit à des castings mais je n'y vais pas. Il y a le casting de l'Amant. Ils cherchent une jeune fille brune. Elle n'a pas lu l'Amant. Elle ne sait peut-être même pas que c'est un bouquin. Elle était belle, ma mère. Elle était même mannequin pour Charles Jourdan. Ma mère, elle avait des pieds de mannequin.

Weekend. Les parents sont partis à la campagne ou ailleurs avec le petit frère. Je n'ai pas suivi. J'ai passé l'âge des mûres et des pipis dans l'herbe. Ce weekend, on taille la route. Genève sous la neige. Il veut voir ça. Et moi, je veux le voir. On trace sur l'autoroute. Voyage sans permis. La fumée envahit l'Audi et nos esprits. On part capturer l'aube. Le panneau clignote de ses néons blafards. On change de chambre. On peut se coucher. On a vu la neige près du motel.

Je suis sobre. On me voit jamais bourrée ou défoncée. Un peu d'herbe ? Non merci, ça me donne la migraine. Un verre d'alcool ? Non merci, je conduis. Je vais prendre un coca light. De la coke ? Non merci, je ne suis pas tentée. Feintes.

Tous les jours, j'enterre mes morts. Un jour, un mort. Une semaine, une stèle. Tous les jours, je me fais fantôme et me glisse entre les murs que j'ai dressés. Silence ! Apparition. Disparition. Et eux se taisent. Et partent. Sereinement. Je les évacue dans les toilettes. A peine digérés. Restes acides. Et les oublie. Enterrés les morts. Puis ressurgissent. Spectres d'angoisse. Juges en silence. Je ne les distingue presque plus mes morts. Mais reconnais leur fumet.

Je porte la culpabilité d'être une mauvaise mère. J'ai enfanté sans vouloir d'enfants, par fuite, par convention, et même par ennui. Numéro 1 est la poupée d'une petite fille qui joue à la Maman. Sauf que je n'en ai pas les codes. J'invente notre famille avec insouciance. Je l'exhibe, je lui change ses habits, je la prends en photos. Et je peux arrêter ces études qui ne cessent de me poursuivre. Numéro 2, est beau. Une fille et un garçon. Baise du samedi soir. La famille modèle. J'ai réussi. Je suis une autre. Numéro 3, la vie de province m'ennuie. Ballerines et gros cul. Popote et télé. Le rêve français. Un petit dernier pour la route. Accident de trajet. Sortie de route. Trisomie au bout du virage.

Ça lasse d'enfanter. Ligature des trompes.

On s'assomme. Accoutumance. Ordonnances à répétition. Il faut varier. Les volutes parfumées s'inspirent et s'expirent en continu. La réalité revient au galop. Signes de nervosité. Angoisses. Toujours plus. On mélange pas les cachets. Danger. Le prochain pas on le connait. Précipice. On en parle peu. Mais on le sent. On l'espère. On le craint. Voyage sans retour. Lui et moi. Tous les deux. Sinon rien. Je veux pas et je pleure sous les coups de l'envie. Il serre les poings et crie sur moi.

La chambre est ouverte comme tous les matins. 8h45. Mon heure. Départ à 18h. Routine. Fumée âcre et piquante. Ça pue le vinaigre. Il est parti sans moi. Blancs des yeux. Bouche ouverte. Mégot entre les doigts prêt à tomber. Grains rosés. Sables mouvants. Prête à m'enfoncer. Il est seul. Et moi aussi. Je le rejoins sur le matelas et me fonds contre son corps. Silence. Joint. Brûlure. Ciel.

Aucun retour en arrière n'est plus possible. On se vide de partout, à tour de rôle dans le lavabo ou le chiotte du palier. Gastro céleste. Pas la dernière. C'est fort. Trop fort. Plaisir solitaire. J'ai du mal à rentrer. Encore.

Elle dépose des fleurs tous les samedis sur le marbre gris. Deux dates. Pas vingt ans d'écart. Hypocrisie des survivants. Vénération. On les aime, les morts. Ils reçoivent des attentions fleuries. Ils sont encensés, les morts. Qualités tronquées. Et on oublie leur vérité. Il a pas réussi, le mort. Moi non plus. Il est des voyages qu'on doit faire seul.

Mon père est le type le plus sympa de la terre. Sauf pour ses gosses. Il passe de l'un à l'autre au rythme du nouvel arrivant. Sauf mon frère. Normal, c'est le dernier. Après lui, le néant. Son dernier espoir. J'ai été sa préférée aussi. Digne successeur de ma sœur. Il me trouvait jolie. Et je le trouvais beau. Même avec ses slips oranges et ses cheveux qui se raréfiaient. Mon père, il peut péter à table en costume à 3000 balles. Et t'engueuler si tu râles. Mon père, il aime les femmes. Tous les formats. Tant qu'elles rient à ses blagues. Il a réponse à tout et c'est le roi du Trivial Pursuit. Mon père a un humour gras et un petit rire aigu communicatif. Il brasse du fric mais ne paie pas souvent ses impôts ni la pension alimentaire. Les huissiers tapent à la porte. Mon père, il souhaite les anniversaires en retard, mais se vexe quand on oublie le sien. C'est quand déjà ? Mon père rend les femmes dingues, à moins qu'il n'ait un penchant pour les ravagées. C'est un serial marieur. Avec l'âge, elles sont stériles. Mon père est un flambeur. Fini le casino. Il se rabat sur les potes, les restos, les putes. Mon père vote à gauche mais roule dans de grosses cylindrées et habite les quartiers chics. Mon père a connu les coups mais pleure à la moindre contrariété. Mon père parle anglais, russe et wolof. Avec l'accent de Marseille. Mon père monte des boîtes et les coule. Les huissiers tapent à la porte. Mon père cuisine à l'huile d'olive et cogne partout sa calvitie. Mon père c'est un gamin de mauvaise foi. Mon père est engagé pour plein de causes. Et surtout pour la sienne. Mon père je l'aime. Loin.

Les roulées acres collent à la peau. Surtout la mienne. Mon mollet. Anesthésiée. Et elle s'écrase. Une fois. Deux fois. Trois fois. La fesse. Récepteurs de douleur. Envoi au cerveau. Je hurle et me débats.

Je devine la date. Le lieu je ne sais pas. La fin je devine. On ne m'a rien dit. Salope. Téléphone raccroché. Partis sans laisser d'adresse. Mes souvenirs sont son dernier refuge.

Je débarque à l'aéroport. Il est là dans son nouveau Kenzo. Sourire taquin sur sa face. Questions. Réponses. Retour à la maison. Paris se devine et je suis clean. Ma chambre. Les meubles blancs en rotin. Cigarette du duty free. Des lettres de ton jules. Je sourcille à peine. Je les regarde, le cœur à vif. L'écriture noire réclame mes yeux. Plus de larmes. Vide. Et le manque en poignard. L'encre appelle mon regard. Comprendre. Recommencer. Arrêter. Tout balancer. Le rejoindre. Oublier. Pardonner. On s'en fout. Guérir. Inventer nos paradis. Les lettres m'invitent. Je le rejoins. Sur la couette blanche, la souffrance. Accusations. Implorations. Pardon. Terreur. Absence. Manque. Où es-tu ? Ça sert à quoi ? L'encre s'efface. J'étouffe. Lettres noyées. Mon cœur explose. Un temps de moins. Ou de plus. Porte. De l'air. Le bus. La course. 7 étages. La porte au bout du couloir. Close. Je l'appelle. Ouvre ! Son prénom à l'infini. Echo du couloir vide. Litanie du désespoir. Les poings frappent le bois à la peinture verte écaillée. Je t'aime. Pardonne-moi. Je partirai plus. Son prénom. Encore, encore, encore. Ma voix se brise. Je tape. Les os se brisent. Les ongles saignent. Je tombe.

C'est la voisine. Il est mort. Je sais. J'ai lu sa sentence. Disparais. Laisse-moi. Je l'attends. Il est mort. Il n'est plus là. Corps sans vie.

Les vacances sont finies.

A mon corps réclamant il sait accorder ses faveurs. Je supplie sa peau, ses caresses, ses os en réponse aux miens. Il aime cueillir l'aube et je borde les nuits sans fin. Cernes noirs de mots, de rires, de souffles. On s'aime avec légèreté. A force et à cris.

Diminution ou arrêt de l'alimentation par perte d'appétit ou refus de se nourrir. Du grec anoreksia, de oreksis, désir.

Maladie du désir. Nymphomanie de l'affamement. Inassouvie éternelle. Maladie du contrôle. Rien n'échappe, rien ne rentre. Calculs. Calories. Matières grasses. Sucres. Poids. Grammes. L'esprit s'occupe, le ventre gronde. Je gère. Pas l'hôpital. Je perds, je reprends. Géométrie à squelette variable. Je compte les os. Cheveux qui tombent. Aménorrhée. Cerveau qui pompe. Endorphines. Oubli. Contrôle des désirs inavoués. Pulsions. La peau se tend. Les pulls s'élargissent. Dysmorphophobie. Miroir mon beau miroir. Tête dans les murs. Garder la balance. Enlever les piles. Surveillance muette. Accusation de mes excès. Je mangerai après. Ou jamais. Je remplis mécaniquement. Je vide sans sentiment. Mon cœur rétrécit.

Il sème ses billets et ses pièces dans la voiture. Je grimpe sur le siège arrière et mon chauffeur me dépose au lycée. Il écoute France machin et je pars à la chasse au trésor. 10 ou 20 francs. Cigarettes. 100 francs. Herbe. Ramassages scolaires.

28 heures d'un sommeil noir. Une lettre intouchée. J'ai raté le bus de 8h07.

Il est gentil. Pas très beau. Taille moyenne. Déjà bien dégarni. Et des yeux bleus. Il est gentil. Discussions de bureau. Invitation aux apéros du mardi. Viens si tu veux. Pourquoi pas. Tu passeras ? Oui. Promis. Il est gentil alors il me donne un jeu de clés. Je déballe mes valises et m'établis. Il est gentil alors je construis. Vie de couple, vie de famille, vie de province. Grande maison, grosse bagnole, piscine dans le jardin et beaux enfants. La cuisine équipée et le lit tranquille. On empile. Il est gentil mais je m'ennuie.

Second round.

Je les suis sans crainte. Et je les laisse me baiser la tête tournée, les lèvres serrées. Vite et mal. Groupe de mecs dans le métro. Ecole buissonnière dans un jardin. Un joint. J'essuie ma bouche. Faut pas rater les cours. Stop. Voiture pleine. Une petite place entre le brun et le blondinet mal rasé. Vins chauds. Parties de cartes. La peau brûle contre la portière passager. Weekend à la campagne. Le dernier. Sourires. Virée en bord de Loire. Pieds dans la vase. Sang dans la douche.

Je sabote mes potentielles réussites. Les amours, les amitiés, les études. Démissions. J'excelle sur la gamme de la médiocrité. Absente de tout. Investissement zéro. Concours à la pelle. Sans issue. Abandons. Mon nom résonne dans les couloirs. C'est à mon tour. Le café est bien chaud.

A Dakar, le soleil tanne ma peau. Je prends un peu d'eux. Dans la piscine, les pélicans se baignent. Nos pieds impriment leurs traces dans le sable chaud. Je creuse avec mes orteils. Poisson du jour et mangues bien juteuses. Avec la peau. A pleines dents, sans broncher. Dans la voiture, les fatous s'entassent. Leurs grosses lèvres rouges me fascinent et me terrifient. Elles m'engloutissent de leurs baisers. Tonton Chocolat. Un noir à Paris. Les gens comme lui ne montent pas en première classe. Dans son pays, les gens comme nous, il les mange. A Dakar, je suis comme eux, libre et nue. Les rires tonitruants et les marchés odorants. Les couleurs de la vie. Les saveurs de l'enfance de mon père. La mienne a le goût de la mangue.

Il a la douceur des matins câlins. J'ouvre un œil embrumé à l'écoute de sa ritournelle. Petite mélodie rassurante. Café qui coule. Un livre posé. Carnet noir et stylo feutre. Filtre et tabac dans le papier à rouler. La flamme du briquet. J'émerge de mes vapeurs de nuit, cachée sous la couette, un œil en embuscade. Sourires d'enfants. Il me rejoint. Je me blottis. Osmose. Le temps suspendu à l'encre de ses yeux.

Notre nouvelle came n'est pas si bonne. Elle nous remplit de rien. Elle nous détruit. Elle nous vide. On sombre dans un néant, chacun de notre côté du matelas. Pas la force de bouger, de joindre nos mains, d'unir nos peaux. Absences. On se tourne le dos et on tombe. Notre nouvelle came va nous tuer. La course funèbre est lancée. Qui sera le premier ? Rêves insidieux, exquis, violents. Trop loin. Faut arrêter. Partons ailleurs. Faut arrêter. Complainte sourde. Les nuits lucides. La nouvelle came nous tient. Elle est trop forte. Elle plante ses crocs, nous suspend, tisse sa toile, nous fige. Il la baise de ses lèvres sans moi. Il ne m'attend plus. Le jour, la nuit. Il n'y a plus qu'elle. Les escaliers se font lourds sous mes pas, chaque marche un calvaire, chaque seconde une souffrance. Notre essence s'est évaporée en quelques bouffées. Notre maîtresse est bien sinistre. Trio funeste. Elle nous creuse. Elle nous envahit, nous sépare, nous ronge, nous bouscule. Faut qu'on arrête. C'est bientôt les vacances. Tu te souviens Genève ? Le motel sous la neige. Regard en vrille, bouche tordue. Le défi et la mort. Notre nouvelle came imprime sa marque. Elle nous démange. Et je gratte ma peau jusqu'à l'écœurement à la recherche d'un insecte imaginaire. Pars. Je m'en fous. Pas besoin de toi. T'es qui ? Regarde-toi. T'es comme les autres. Notre nouvelle came nous fait mentir. Elle nous apprend la haine et le dégoût. Elle est irrésistible. Alors on frappe, on mord, on cogne, on brûle. Notre nouvelle came est une guerre. Contre soi, contre l'autre. Lui et moi dans les tranchées. Ennemis intimes. Si tu pars, je te fais la peau. Si tu pars, j'en finis. Je m'en fous. Reste avec moi. Tout est confus. Il la choisit. Je bondis. Je n'en veux plus. Elle me l'a pris. Sa nouvelle came m'étrangle, ses doigts crispés autour de ma gorge. Je lutte. Son corps écrasé sur mes hanches. Je mords. Ses yeux sans fond plantés loin. Front à front. De l'air. Sa nouvelle came a sonné la fin. Elle est bonne la nouvelle came. Elle est plus forte. Elle nous a eus.

Je l'appelle Mi. Elle est ma Mi. On fonce dans la deux-chevaux à suspensions déployées vers le cours de gym. Maillot marine et orange. Ça pique les yeux et tord le corps. Ça la rassure. Tu seras pas grosse comme ta sœur. Mais moi j'aime peindre. Patouiller les pigments dans l'eau. Les bleus, les rouges, les jaunes. Faire un gruau à déposer. Après l'école je reste avec elle. C'est sa maîtresse au peintre. Et on patouille. Et on dépose. Il est vieux le peintre. Il est gentil. Ça vaut de l'argent un Lindström ? La mère et son petit trônent dans le salon. Une ogresse inquiétante et son festin.

Il n'est qu'à moi. Chut. Secret. Il est ma honte. Il est ma chute. Je le cherche sans cesse. Sa grâce. Il n'est plus. Des illusions. Le passé et son fantôme rodent sans existence. Je tais son nom. Un jour, je le murmure. Et je vais mieux.

Appareil-photo. Gymnase. Tâte un peu ces abdos. La bonne blague. Facile. Et j'ai envie. Je ris. Il a le charme très discret de la province. Et de beaux yeux bruns. Pourquoi pas. Sextos. Deux jours. Rendez-vous sur le parking derrière la maison. La voiture sent le propre. Et la famille modèle. Premier baiser. Premier contact. Première feinte. J'ai peur. On se voit. On échange. Double adultère. Impression de déjà-vu. Et le manque. Parfois. Souvent. Tout le temps. Les coups de l'après-midi. Quelques nuits. Paris. La Rochelle. Les retards, les empêchements. Je m'affame. Je cachetonne. Il est mon amour. Je suis abimée. Il le sait. Il délie mes bras et les nœuds de mon cœur. Je me livre en blessures. Il a le charme très discret de la province. Nos impossibles m'obsèdent. Je l'aime et je le quitte.

Troisième round.

Je suis une autre tout le temps. Celle qu'on attend. La marrante, la souriante, la belle, la maman, la grossière, la cash, l'allumeuse. Elles sont toutes moi et je ne suis aucune d'elles. Je suis une autre à plein temps. Jusqu'à l'oubli. Je tourbillonne, je cueille les regards, je distribue les sourires. J'ai le masque en place. Carnaval de tous les jours. C'est beau Venise mais la lagune a des relents de pourriture. On me parle, on m'écoute, on me courtise, on me convoite. Je réponds, je repousse, je joue, j'encourage. Je fuis.

Tu ne m'as jamais aimé. C'est faux. Je t'ai mal aimé. Aimer c'est mourir. Comment t'aimer ? Je t'ai donné tout ce que je pouvais. Tout sauf ça. Qui s'est menti ? Moi je savais. Et toi aussi. On se tait nos mensonges. On s'attache à nos propres promesses. On se convainc. C'est juste plus facile. On peut toujours recommencer mais on refuse de perdre. Sempiternel reproche. Tu ne m'as jamais aimé. Si. Pas assez. Mais déjà beaucoup. C'est tout ce que je peux donner.

Il fait partie de la famille. Mais pas vraiment. Ma mère entretient son réseau d'anciens maris. C'est son premier fan. Du moins le pense-t-elle. Le mercredi il m'emmène au Jardin des Plantes. Donne à manger aux pigeons. Vol affolé. Le pigeon vole, je rase les murs. Elle lui reproche encore. Et nous, on se regarde, complices. Il lit Libé et a un autographe de François Mitterrand. Naissance sans X. Un peu sa fille. Je n'ai pas hérité de son menton en galoche. Ouf. Il tient son bar. Ça sent le jazz, le petit blanc et les chats errants. Ça sent un peu comme un père, mais pas vraiment.

Les amours d'hiver ont du mal à fleurir. La neige de Genève, la pluie de Paris, les frimas d'une chambre au 7e les recouvrent. Les amours d'hiver sont voués au gibet. Agonie lente et douloureuse quand éclot le printemps.

Je collectionne les petits plaisirs précieusement. Je les emporte partout, regard droit et cœur en berne. Les grandes aspirations, j'ai arrêté. Petits succès, plaisirs intenses. La balançoire au ciel. Le Joe Dassin du PMU. Sourire d'un enfant. Orgasme. La queue de Mickey. Poème de l'aube. Pieds nus dans l'herbe. Baiser volé dans une impasse. Une glace au soleil. Mes petits plaisirs ont la saveur de la vérité.

Délétion sur le chromosome de l'engagement. Pas fidèle. C'est moche et ça blesse. Envies de corps. Un peu au hasard. Brefs et vite bandés. La chatte au visage, la queue bien plantée. Pas céder. Alors je mange. Beaucoup, mal, souvent, excessivement. Les tissus adipeux se gavent. Corps en mutation. Processus de destruction du désir. Qui est cette grosse dame avec une petite tête et un petit mari ? Géante mal fagotée. Epouse et mère multiple. Bonne copine. Grosse à pédés. La fidélité.

Première cuite. Nouvel An. Maison vide. Du rhum, du malibu, et d'autres pièges à filles. C'est bon l'alcool. Ça chauffe la gorge et la culotte. Alors je bois. Puits sans fond, accroché à son seau. C'est triste l'alcool. Alors je pleure son nom. Et je bois. Et je m'endors, tête sous le robinet, son prénom au bord des lèvres au milieu des restes de foie gras.

On rentre des vacances au ski en famille. Sauf que ma sœur c'est pas vraiment la famille. Papa voulait y aller seul avec elle. Mais Maman veille au respect des valeurs familiales. Alors on a fait crisser les moon boots sur la neige. Ma sœur elle est de trop. C'est l'ancienne famille. Ça n'existe plus. On descend les pistes. On dort dans des lits qui puent les pieds. On rentre des vacances au ski en famille. Et ma sœur est nue dans le manteau de fourrure de Maman. Je lui ai vomi dessus.

Voyage scolaire. On retient la gerbe dans le bus. Back to Genève. Arrêt. Hôtel. On court joyeusement dans les couloirs, enfin libres de défouler nos carcasses d'ados. Fais voir ta chambre. Putain, pas de bol, t'es avec machin. Merde, j'ai oublié mes tampax. On sort ? Genève la nuit. C'est froid et mon cœur est gelé. On va en boîte ? Seringue en main, coïts aux murs. On se casse. Un verre ? C'est bien Genève, mais il n'y a pas de neige. Les shots s'enchaînent au rythme des spasmes d'agonie d'un néon lointain.

De mon index, je parcours les fils bleus de sa vie. J'explore sa peau sans relâche. Sous mes doigts son poignet le dévoile. Son cœur bat pour moi.

La vie de province se fait à plat. Collier de perles, grosse baraque et petit cul mal baisé. La vie de province se fait lentement. L'hôtesse de caisse est ma meilleure amie. On flâne le samedi dans les centres commerciaux. La vie de province c'est l'œil de Moscou. On regarde chez le voisin. On se renseigne. On croise l'autre con. La vie de province c'est l'apéro. Petits coups de péteux avant de prendre la caisse bourré. La vie de province c'est exotique. Autres expressions. Autres coutumes. La vie de province c'est bien-pensant. On se fait sucer vite-fait. On va à l'église se confesser. La vie de province c'est l'uniforme. On se cyrillusise, on se burberrise, on se desigualise. La vie de province c'est les balades en famille. Les brocantes du dimanche matin et l'andouillette aux oignons près du manège des années 80. La vie de province c'est l'âge adulte.

C'est la biennale nomade. Les gros bras s'affairent. Bd Raspail. Rue Saint-Placide. Bd Exelmans. Place Tristan-Bernard. Château du Vau. Rue du Point du Jour. Les beaux quartiers défilent. Les meubles passent. Le Lindström suit. Et je me détache.

Les souvenirs c'est comme des bulles de savon. Un petit tube et de l'eau mousseuse. On souffle doucement dans le cercle et les bulles s'échappent au vent, insaisissables et fragiles. On court après pour les rattraper. L'amertume aux lèvres quand une s'écrase au coin de la bouche. Mais on la lèche quand même du bout de la langue. Saveur de nuage en orage. Attention les yeux quand on souffle trop fort. Le savon ça fait pleurer. Les bulles au vent s'éloignent trop vite, si loin qu'on doit en refaire de plus grandes, de plus belles, de plus brillantes. Et quand le tube est vide on court au robinet du temps.